Propos d'un Intoxiqué

Jules Boissière

Édition et mise en page : Culturea (Hérault, 34)
Retrouvez notre catalogue sur http://culturea.fr/
Contact : infos@culturea.fr
Imprimé en Allemagne par Books on Demand Gmbh
Design typographique et layout : Derek Murphy et Reedsy
ISBN : 9791041993963
Date de parution : Avril 2024

Propos d'un intoxiqué

Hanoi, février 1890.

L'opium nous a paru mériter l'honneur d'une étude spéciale : il tient en Indochine une place assez grande dans la vie des Annamites, des Chinois, voire des Européens. Mais peu désireux d'expérimenter sur nous mêmes les effets de la sainte drogue, nous avons dû solliciter les confidences d'un intoxiqué, lettré curieux, subtil et raffiné. Ce dernier, dédaigneux comme tous ses pareils des anathèmes de la conscience publique, n'a pas craint de nous dédier huit volumes manuscrits de Notes et d'impressions. Essayons de cueillir quelques pages, résolu d'ailleurs à imposer silence au narrateur si ses théories semblent trop cyniques et son ricanement trop injurieux.

KHOU-Mi.

Lecteur, écoutez la profession de foi que Baruch de Spinoza, d'Amsterdam, inscrit au chapitre premier de son Tractatus politicus : “Je me suis abstenu de tourner en dérision les actions humaines, de les prendre en pitié ou en haine ; je n'ai voulu que les comprendre...
En face des passions, j'y ai vu non des vices, mais des propriétés... ”
Peut-être trouverez-vous ci-après bien des aphorismes que vous jugerez immoraux. Je souhaite que vous m'apportiez, comme Baruch de Spinoza l'eût fait, à défaut de la sympathie qui peut tout aimer, l'intelligence qui sait tout comprendre.

Haiphong, 20 mai 1885.

Je m'arrêterai cinq ou six jours à Haiphong avant de me rendre à Ngo-teu, ma future résidence. Arrivé depuis deux mois au Tonkin, j'ai passé tout ce temps à Hanoi, habitant le village de Keu-nam, partageant mes heures entre le restaurant, le café, le bureau et ma petite chambre inconfortable et triste, que meublent un vilain lit en mauvais bois du pays, deux chaises et une table à écrire. Je ne sais rien de la vie annamite, n'ayant fréquenté que quelques Européens épris de la manille et du poker. Ils parlent parfois de collègues vivant d'une existence étrange, et comme lointaine, adonnés à l'opium au fond de leurs cases chinoises, ces cases étroites et longues où je devine parfois, dans la pénombre, par une porte entrouverte, les chambres sombres, les couloirs sans fenêtre et les cours dallées, à ciel ouvert. L'opium ? Entré une fois par désoeuvrement dans une fumerie de Cholon, lors de mon passage en Cochinchine, j'ai le souvenir d'une vaste salle triste où, étendus sur des lits de camp courant tout le long des murs, quelques Chinois somnolaient, je ne veux pas dire : dormaient, comme des brutes. D'autres tétaient goulûment le bambou brun-rouge d'une pipe. Tout cela ne m'a ni intéressé, ni impressionné, ni surpris, répondant à toutes les descriptions déjà lues, à tous les récits entendus déjà. La fumée lourde, avec ses volutes allongeant, étirant, fermant leurs courbes irrégulières, puis s'envolant en flocons tour à tour bleus et grisâtres, me parut propice à la migraine plus qu'au rêve ; et, en haussant les épaules, j'admirai la louable constance des imbéciles qui venaient chaque jour se martyriser sous prétexte d'amusement et de plaisir.

Ainsi mes compagnons de collège faisaient quand ils s'habituaient à passer plusieurs heures d'affilée dans la salle enfumée d'une taverne, à boire, à piper, à brailler comme des zouaves, tout fiers de braver la névralgie du lendemain.

Ici, je ne connais personne. Impossible de séjourner dans ma chambre de passage, à l'hôtel. Ses pavés engendrent et nourrissent le spleen, et par les croisées aux vitres ébréchées montent les

innombrables relents qu'exhalent certaines mares de Haiphong. Les murs blanchis à la chaux encadrent un lit à moustiquaire, deux chaises, une table en bois blanc. Sortir ? Le soleil de mai est déjà lourd, et les mares que bordent les mes en remblai projettent dans les yeux et la cervelle du promeneur de durs reflets ardents, avant-coureurs de l'insolation. D'ailleurs on ne peut se plaire à circuler six heures durant autour des mêmes îlots de maisons ; et des marais entourent la ville...
Arrive l'heure du dîner. J'ai fait, par l'intermédiaire d'un ancien camarade de Paris - camaraderie très vague que le commun exil a légèrement affirmée -, la connaissance d'un très intelligent garçon, ancien sous-off, aujourd'hui fonctionnaire, qui parle couramment l'allemand, l'anglais, le cantonnais, l'annamite, sans compter le piggin des ports cosmopolites de Chine.
l'air martial, la moustache en brosse, une exotique décoration à la boutonnière, X... porte beau et parle bien, et, quand il vient s'asseoir pour dîner à la table du Splendid Hôtel où j'ai pris place, je l'invite à conter divers épisodes de sa vie passée, qui fut aventureuse et belle, au grand soleil d'entre les Tropiques.

Les yeux fermés, le regard tourné en arrière vers les années mortes, j'évoque cette ardente jeunesse qui se fit sa place, par les îles malaises et dans les forêts de Bornéo, à coups de matraque et de revolver.
... Et ce soir, après le café, nous avons continué notre causerie par les rues désertes, mal éclairées, où brillent de loin en loin les vacillantes lanternes de quelques sales gamins.

Minuit.

Nous entrons dans la case du vieil Antoine. En sortant d'un café, à l'heure de la fermeture, nous avons suivi les deux rues chinoises, l'une prolongeant l'autre, es mes jamais endormies qui, par leurs portes grillées d'énormes bambous, couchent, en travers de la chaussée, de grands rectangles de clarté barrée de lignes l'ombre. Les Célestes travaillent, fument ou jacassent dans chaque boutique. Les cercles autorisés flamboient par toutes les fenêtres, et le son argentin des piastres qui s'entrechoquent nous poursuit.

Puis, des rues vagues noyées dans l'ombre : c'est le village annamite aux basses paillotes. Quelques soldats et marins, permissionnaires, ou en bordée illicite, passent en se donnant le bras, puis de bruyantes bandes le matelots servant au commerce. À gauche, miroite et luit sous la lune l'eau frissonnante d'un arroyo, inquiétante et sinistre dans ce grand calme d'un village exotique dont le silence n'est coupé que par un aboiement le chien, un chant d'ivrogne, ou le pas lourd d'un européen isolé.

Dans une ruelle bordée de cai-nhàs annamites, Tous nous arrêtons devant une case basse, à la porte grillée, pareille aux autres cases indigènes. X... frappe! la cloison extérieure d'une significative manière qui se fait reconnaître pour un habitué du lieu. Un boy méfiant enlève un des bambous de clôture, et nous entrons dans la maison, une cai-nhà annamite fort sale et de chétive apparence, à l'intérieur comme à l'extérieur.

De lourds nuages noirs roulaient dans le ciel depuis le crépuscule. Le tonnerre commence à gronder, avec le formidable trémolo de sa voix de basse, et les larges gouttes de pluie battent vigoureusement la charge sur le toit de chaume. Le rayon bleu rose des éclairs, vibrant comme un jet de phare électrique, épouvante .deux congaïs potelées qui se recroquevillent d'effroi et se collent en frissonnant l'une contre l'autre, sur un vaste lit de camp. Notre approche les rassure; l'une d'elles frotte une allumette, saisit de la main gauche le bambou d'une pipe à eau - une humble pipe de coolie - et approche en riant le brun orifice de ses lèvres bordées par la chique d'un fil écarlate, un trait rouge pur sur le rose fané de la muqueuse. Et tandis que l'eau glougloute et qu'un nuage de fumée monte des lèvres de la congaï, deux grosses lèvres de bonne fille, sa compagne nous désigne du doigt un plateau de trac supportant la lampe à opium et les divers ustensiles nécessaires à la préparation des pipes - les objets sacrés indispensables à l'accomplissement du Rite. Un Annamite est couché sur le côté gauche. D'une main, il maintient le tuyau de bambou immobile de sa bouche à la lampe, et, pinçant entre le pouce et l'index de sa main droite une aiguille d'acier bruni - une aiguille à tricoter, jurerait un novice - il règle le tirage de sa pipe avec la pointe de l'aiguille, ménageant un passage à l'air à travers la prise d'opium. Il nous salue de la tête ; puis il écarte de ses lèvres le bout d'ivoire jauni adapté au bambou, se redresse, reste un instant sans respirer afin de mieux s'assimiler l'opium humé d'un seul trait et d'une longue haleine ; enfin, il laisse échapper, en nous adressant la parole,

quelques flocons de fumée, rares et peu denses, alourdis d'acide carbonique, dépouillés des multiples poisons dont l'ensemble forme le Dieu Opium, comme les attributs par leur agglomération forment la substance, au dire de certains philosophes peu subtils. Nous admirons ce fumeur émérite, un beau gars de Tourane qui remplit dans la maison d'Antoine les délicates fonctions de... sous-maîtresse.
L'établissement, très vaste, comprend plusieurs cases, tout un pâté de chaumières indigènes, et notre hôte est préposé à la surveillance de l'un des quartiers...
X... s'est étendu de l'autre côté du plateau, sur le flanc droit, parallèlement au jeune indigène qui fait luire une nouvelle prise d'opium à la pointe de l'aiguille, à la flamme droite et claire de la minuscule lampe, un vase de verre où trempe dans l'huile une étroite mèche plusieurs fois enroulée sur elle-même :
Une cloche, de verre également, percée d'une ouverture circulaire à sa partie supérieure, abrite la flamme des courants d'air.
L'opium étant à point, X... appuie ses lèvres contre le bout d'ivoire et aspire longuement ; puis il souffle un lourd brouillard de fumée et se lève en roulant une cigarette.
La peur de l'opium me prenait déjà : j'ai voulu essayer tout de même. . .

Hanoi, octobre 1885.

... Dans une sombre pièce, loin, très loin des bruits de la rue et de la maison, s'étale un beau lit de camp, laqué rouge, empâté de moulures d'or et d'argent, couvert de fines nattes de Singapour et d'oreillers en

paille de Manille ou de Tokyo. Les cloisons sont tendues de légères étoffes aux couleurs éclatantes et très claires, avec des chatoiements et des moires lumineuses aux plis de la soie et du satin. Contre la muraille, au chevet du lit, s'applique un cartouche chinois où trois chauves-souris dorées, en relief, étendent leurs ailes symboliques, aux nervures contournées, aux formes hiératiquement étranges - et si éloignées de la nature ! - sur deux caractères classiques, énonciateurs de quelque sage sentence ou de quelque bon conseil.
Çà et là, sur des crédences, des vases de pierre sculptée, rapportés d'une lointaine pagode, des coupes de bronze argenté; aux murs, des flèches, des fusils, des arbalètes et des coupe-coupe venus de je ne sais quels marchés perdus dans un village de montagne, vers le pays des Giaraïs ou des Bahnars.
Je me suis couché sur le lit, une pile de livres auprès le moi ; et je lis ce soir - par exception - des livres simples et faciles, trop faible, à certaines heures, pour penser fortement, grâce à

“ L'Opium qui transpose en rêve les idées ”,

tandis qu'un Annamite malaxe et roule en cône la sainte drogue, au-dessus d'une haute et lourde lampe close dans son verre conique, qui de sa transparente paroi protège sa clarté fixe et jaune de veilleuse.

Elle brûle comme sur l'autel d'une chapelle provinciale - sombre et parfumée d'odeurs bibliques - sur te lit de camp, en l'honneur de Sa Divinité l'Opium.
Je lis à la clarté d'une lampe gracieuse, exquisement jolie, une lampe à crémaillère d'argent sous abat-jour de fine porcelaine. bleue, “ couleur du ciel après la pluie ”, comme a dit un poète chinois. Ainsi que le reflet rose et le reflet bleu dans le sonnet de Théophile Gautier, le rayon jaune, tamisé par la transparence azurine, frappe çà et là le plateau de trac semé de rares incrustations, réveille quelque noire verte, orange ou violette, des cimeterres de nacre au poing fermé d'un cavalier, des housses en velours rehaussé de perles au poitrail des chevaux ; il enveloppe le bloc de marbre noir et blanc, montagne en

miniature, ambitieux presse-papiers; il s'endort sur ma vieille pipe en écaille, aux tournants lisses tachetés de brun et d'or. Parfois, quand j'ai trop fumé, le bloc marmoréen grandit et devient pareil à l'Himalaya ; des neiges éternelles couronnent la blancheur des cimes, et les taches s'élargissent et se hérissent de végétations tropicales, taillis peuplés de tigres et d'éléphants, forêts où j'égare d'impériales caravanes. Cependant deux Annamites lettrés, mes visiteurs quotidiens, font tour à tour glouglouter l'eau tiède dans la pipe à eau en bois de trac décoré d'appliques d'argent, ou chantent dans une demi-somnolence d'interminables melopées de leur pays.
“ Et tandis qu'en rêvant je savoure l'extase, Assis au pied du lit, mes deux lettrés chanteurs Redisent tour à tour une éternelle phrase, Mélopée endormeuse aux savantes lenteurs, Cependant qu'en rêvant je savoure l'extase. ”

Oui, mon rêve méditatif plane dans la fumée de l'opium, de la pipe à eau et des cigarettes. Les lettrés chantent de belles histoires antiques de l'Annam, et l'un d'eux accompagne la mélopée avec le faible son d'une guitare, balbutieuse à la voix timide et voilée, humble servante du verbe humain. Et, les regards fixés sur les chauves-souris du cartouche, sur les caractères dorés, j'évoque quelques aimables superstitions de ces pays. Elle n'est pas pour nous déplaire, à nous les subtils amis des livres, celle qui fait de chaque caractère chinois un Génie. Et tandis que j'écoute s'envoler les paroles sacrées des lèvres fines des chanteurs, le Thàn (génie) qui anime et personnalise chacune d'elles m'apparaît dans la fumée. Pour nous, qui savons la merveilleuse puissance du verbe, n'y a-t-il pas dans ces croyances matière à longue et active méditation ? Quel lettré de ses voeux importunerait le Ciel - je dis : quel lettré d'Europe - s'il possédait la certitude de revivre éternellement dans la compagnie des mots transformés en Génies - les mots aimés plus que les femmes, les mots que nous voulons en vain rendre vivants dans nos oeuvres, les mots que nous verrons un jour, animés, avec l'allure de la physionomie que nous leur avons rêvée, idéalisés encore, nous suivre et nous faire cortège dans l'immortalité ? C'est à B..., dans les loisirs de la vie de poste, que je m'accoutumai à l'opium. Et chaque jour, aux heures invariables de l'intoxication quotidienne, je revois ce coin bien-aimé de la terre tonkinoise; je retrouve ses collines vertes où pointent les toits de briques roses, ses vastes arroyos, ses merveilleux horizons de mer et de montagnes ; et je crois encore d'ici

ouïr, aussi distinctement que la mer au fond d'un coquillage, la rumeur solennelle de ses grands pins.
Au milieu des journées écrasantes de chaleur tombait parfois une ondée, une averse d'orage : pendant une heure, le ciel restait voilé ; et puis les nuages s'éloignent, le soleil reparaît et, sans transition, la terre recommence à haleter, sous la chaleur plus accablante que jamais. Pendant ces heures terribles, dans les paillotes annamites, inconfortables et mal ventilées, on éprouvait une immense difficulté de vivre ; et cependant, aujourd'hui, j'évoque, sans autre douleur que celle née du regret, ces torrides après-midi de messidor.

Mars 1886.

Je veux analyser mes sensations de fumeur, depuis la période des premières pipes dans des maisons de hasard - le soir, dans des arrière-boutiques de mercantis chinois, tandis que mes camarades, bruyants, buvaient dans la première salle. L'opium ne me procurait aucun plaisir, mais il me donnait le plus sûr moyen de voir de près les Chinois et les Annamites, d'étudier des moeurs nouvelles, d'habituer mon oreille aux étranges gammes que montent et descendent les mots dans les langues d'Extrême-Orient. Puis, mon accoutumance prise à la glu des soirées qu'emplissent des causeries fécondes en enseignements nouveaux, pour en multiplier les occasions, j'installai une fumerie tout au fond de ma maison chinoise, et chaque jour, de huit heures à minuit, des mandarins ou des lettrés libres vinrent converser avec moi, m'initiant à leurs livres, à leur littérature, à leur croyance ; et je fus soulagé d'un énorme ennui quand j'eus trouvé cet intelligent emploi des veillées - un moyen d'éviter la salle de café, l'odieux supplice des dominos et du monsieur qui fait de l'esprit en posant un double. Et, l'odorat caressé par les émanations fortes et douces de l'opium, l'oreille flattée par le gloussement de la pipe à eau, je vivais de légères heures, à jouir par tous les sens de la clarté bleue et jaune, des précieux bibelots et des originaux aphorismes. Parfois, nous faisions silence ; un lettré psalmodiait de monotones mélodies que j'écoutais en brûlant par intervalles une prise d'opium, d'une seule et très longue aspiration, et en expirant avec lenteur la fumée spiralifonne.

Plus d'une fois, après avoir fumé avec excès, le sommeil me fuyait jusqu'à l'aube, jusqu'au réveil clamé par les clairons dans la citadelle voisine.

Je restais couché dans une agréable somnolence, sans changer de position jusqu'au matin, sans visions, ces visions nées du haschisch, à qui les romanciers donnent aussi l'opium pour père - absolument heureux et suivant à la piste de vagues idées agréables, reliées par le fil de très ténues transitions. Au matin, l'estomac se rebellait, la migraine serrait mon front et piquait mes tempes ; le soir, l'odieux mal oublié, je recommençais tout de même.

Puis, l'habitude me vint de lire en fumant ; l'opium décuplait l'intérêt des choses lues, comme des choses ouïes et vues ; je fis cette découverte au moment où je commençais, après plusieurs mois, à me lasser de quotidiennes conversations qui déjà n'apportaient plus d'idées nouvelles.

Un soir, j'oublie par quel hasard, je ne pus fumer; pour la première fois, je connus les angoisses de l'homme nghièn (accoutumé à l'opium, ou à tout autre poison lent, tabac, thé, café, dont la privation est douloureuse). Quelle horrible nuit ! Le ventre en déroute, l'estomac tordu par des crampes jusqu'à ce jour inconnues, le corps secoué de frissons, les tempes dans un étau, les yeux larmoyants, ce fut une souffrance de damnation. Et tout cela disparut après quelques pipes fumées.

Souvent, ayant retardé l'heure de l'intoxication, j'arrivais mal en point au bord du lit de camp, avec une névralgie à sa première période, une migraine et de torturantes tranchées. Mais bientôt le mal s'en allait, exactement à la manière d'un rideau qu'on lève, et dès la quatrième ou cinquième pipe, je me reposais dans une orgueilleuse satisfaction d'avoir vaincu la douleur - désormais impuissante et vaine menace du Jéhovah des Genèses.

D'autres fois, je m'étendais, triste de quelque crépuscule automnal éveillant un pénible souvenir - car à certains jours, le vent, le ciel, les arbres, tout ce qui sait nous égayer ou nous apaiser sans motif apparent, nous attriste avec les mêmes décors qui la veille nous firent calmes ou joyeux - ou je rentrais furieux, secoué par quelque colère ignoble ou bête dans ses causes, une maladresse de boy, une gouaillerie d'indigène ; le mal moral, tristesse ou colère, disparaissait comme le mal physique, relevé par une invisible main. Supprimer les douleurs de l'âme et de la chair, placer à volonté son corps et son esprit dans cette reposante ataraxie à qui les épicuriens ont dit : “ Vous êtes le bonheur ”, quel divin pouvoir, quel fou désir enfin exaucé !
Certes, si de tels effets devaient être toujours consécutifs à l'usage, voire à l'abus de l'opium, laquelle de vos joies, à gens pratiques qui méprisez l'intoxiqué !
jugerez-vous digne de leur être comparée ? Sans doute, chez ces êtres subalternes qu'on appelle “ les bons vivants ”, l'opium exacerbe et multiplie les vulgaires appétits ; mais il rend les lettrés et les penseurs plus curieux et plus subtils que jamais, absolument dédaignieux du vin, de la fine chère et des gueuses; il donne plus d'amplitude et de profondeur aux sacro-saintes voluptés de l'étude, de la méditation, du souvenir.
Hélas ! pour que l'opium continue à produire ses merveilleux effets, il ne suffit pas d'augmenter les doses, au risque de voir s'anémier et dépérir le cerveau, le sublime triomphateur planant sur les orgies d'hier.

Si nul autre péril ne menaçait le fouineur, l'esprit déprimé, on serait quitte pour se satisfaire, comme l'imbécile, avec des larves et des fantômes d'idées, et le fumeur marcherait vers la mort dans la consolante illusion de rester un pur penseur, grand, sage, égalable aux demi-dieux ; mais après quelques mois, l'intoxiqué fume machinalement, et les douleurs survivent à l'empoisonnement accoutumé; cependant l'opium rend plus que jamais l'esprit curieux, fureteur, épris des idées complexes et spécieuses.

Dans un livre sur l'opium, M. Bonnetain montre son héros au lendemain de la première pipe, malade de n'avoir pas fumé. Ceci me paraît inexact, à moins qu'un tel effet ne se produise sur certains tempéraments exceptionnels. Voici ce qui arrive le plus souvent : le premier jour, le fumeur novice ne dépasse guère la ration de deux ou trois pipes ; il fume d'ailleurs sans désir, par curiosité, par insouciance ou par désoeuvrement. S'il fréquente un habitué de l'opium, l'occasion de fumer se représente de temps à autre, et bientôt le nombre des pipes devient plus fort et l'intervalle entre les intoxications moins considérable. Peu à peu, le corps s'accoutume au poison ; mais au début, pourquoi vingt-quatre heures après le premier essai l'opium serait-il plus nécessaire qu'après deux ou trois heures, deux jours ou deux semaines ? je sais tel fumeur qui s'adonne à l'opium tous les trois jours, et ne souffre pas dans les intervalles.

M. Bonnetain a très superficiellement étudié la société annamite et chinoise, et les vices spéciaux aux pays d'Extrême-Orient :

il a, en consciencieux artiste, fait évoluer dans son oeuvre des personnages européens doués de désirs, de vertus, d'habitudes et de passions importés d'Europe ; et il les a encadrés dans quelques paysages exotiques bien compris et bien rendus. Il n'a voulu voir de l'Indochine que ce qu'il en pouvait connaître dans les quelques semaines de son séjour; aussi a-t-il fait une oeuvre bonne - quoiqu'un peu massive - exacte en somme, au rebours de ce prudhommesque correspondant du Temps qui a prétendu disséquer l'âme de l'Extrême-Orient, pour s'être arrêté au Tonkin entre deux paquebots, et qui, depuis six ans, vivant sur ses notes de Haiphong à Hung-Hoa, a découvert entre Hung-Yen et Hanoi le fonds et le tréfonds de la conscience annamite, de la chinoise, et de la japonaise de surcroît.

Cependant, je signalerai comme erronée l'appréciation suivante que M. Bonnetain attribue au protagoniste de son oeuvre : “ Il comprit que c'était à travers la fumée de l'opium qu'il fallait, pour la comprendre, regarder la solennelle Asie. ” L'Asie peut-être, mais certes pas l'Extrême-Orient, Annam ou Chine, où l'opium est

d'importation récente. Et pourtant, il est peut-être vrai que l'opium, qui rend notre esprit plus curieux et plus perspicace, notre âme plus apte à comprendre les âmes lointaines des autres races, est nécessaire dans ces contrées à celui qui veut voir des êtres plus que la superficie.
L'opium rend-il nécessairement ses fidèles progressivement anémiques de l'âme et du corps ? Beaucoup de médecins estiment, avec M. de Lanessan, “ que l'habitude de fumer n'est en réalité ni meilleure ni plus mauvaise que celle de fumer du tabac ou de boire des liqueurs alcooliques ”.

L'abus en est certes dangereux, comme de toutes choses, mais les sages savent se garder de l'abus. À ce sujet, hier, un lettré m'exposait que certains riches Chinois permettent à leurs enfants l'usage de l'opium. Le Chinois me semble en tout plus pondéré, moins passionné que l'Annamite, son fils dégénéré. Certains Célestes pensent que le goût de l'opium n'est pas bien ruineux; il retient le jeune à la maison et l'empêche de courir après les femmes ; enfin ceci est à noter - en roulant sa pipe, sur son lit de camp, le Chinois pense à ses affaires et cherche de nouvelles combinaisons commerciales. De tous les peuples, le peuple des fils de Han est celui qui consomme le plus d'opium; et, pourtant, l'esprit chinois, dans sa vigoureuse originalité, ne semble guère obscurci ou affaibli par la noire drogue; loin de se perdre en des rêveries de buveur de bière, le Céleste a donné au monde des livres dénués de tout transcendantal fatras, déroulant les préceptes les plus clairs de la morale pratique ; loin de fumer jusqu'à atténuer sa faculté génératrice, il inonda les trois continents de son flux à qui nul Jéhovah n'oserait dire : “ Tu n'iras pas plus loin ! ” Enfin, loin de se livrer, les yeux ouverts, aux extases du songe, il est le commerçant sans rival qui ruinerait le Juif et l'Arménien eux-mêmes et les ferait s'agenouiller d'admiration devant son génie fait de bon sens, de clairvoyance et de finesse.
Les fumeurs riches ont tous le souci de se ménager un retrait agréable pour tous les sens, sans en excepter le sixième. Les pauvres diables eux-mêmes trouvent un vieux flacon de parfums pour la provision d'huile, un dragon de faïence colorée pour supporter les aiguilles, et

souvent on rencontre, parmi ces ridicules bibelots, quelque antique porcelaine du temps du roi Du-tôn.

Un ex-Tuan-phu voulut raffiner sur les raffinements habituels; il fit construire une chambre, aux murs de briques, avec une étroite porte el: quelques lucarnes rondes placées très haut. Il la tendit d'étoffes rouges; le sol fut recouvert d'un plancher en bois dur ; une moustiquaire en soie jaune d'or, un lit de trac curieusement sculpté, et quelques bibelots épars sur le plateau incrusté de nacre, complétèrent l'ameublement : quatre boys étaient affectés au service dans ce retrait, élégamment vêtus tous les quatre, blouse bleue, blanc caicouan, ceinture rouge et crépon noir. Mais en sortant de la chambre, ils reprenaient le vêtement noir des lettrés. L'ancien Tuan-phu aimait à s'isoler dans son appartement secret, à lire de beaux livres, et, chaque nuit, je l'entendais chanter d'interminables poèmes.
Deux merles mandarins, intoxiqués comme lui, étaient cloîtrés à perpétuité dans la chambre. Ils voletaient vers le lit et restaient immobiles, la tête tendue vers le fumeur qui leur soufflait dans le bec la fumée de ses pipes. Les rats et les margouillats s'accoutument également à “ l'odeur âpre et douce ”.
Les fonctionnaires indigènes, avant notre arrivée, se cachaient pour se livrer à l'opium. Ce goût leur valait de mauvaises notes et parfois leur révocation. Le mandarin étant en principe supposé vivre de ses maigres appointements, le fumeur devenait suspect de pressurer le peuple pour satisfaire un goût permis aux seuls hommes riches. Légitime suspicion, à coup sûr : mais cette sévérité, se justifiant par un tel motif, ne semblera-t-elle pas, à qui connaît les mandarins d'Annam, dénoter une âme naïve ?

Cependant tous les Annamites interrogés, nhàqué, petits fonctionnaires et autres, m'ont déclaré qu'ils s'abstenaient de fumer parce qu'ils étaient pauvres et ne voulaient pas s'exposer, une fois devenus nghièn, à l'horrible souffrance que cause la privation d'opium.
Bouilhet écrit, dans une de ses exquises poésies à propos d'un mandarin chinois :

“ Il fume l'opium au coucher du soleil, Sur sa porte en treillis, dans sa pipe à fleurs bleues. ”
Comment le fin lettré qui étudiait si passionnément les livres chinois, put-il émettre si grosse hérésie ? Mais, malheureusement ! si ton mandarin fumait en plein air, le vent ferait vaciller la flamme de la lampe, et l'opium ne cuirait pas, il se brûlerait, il charbonnerait ! Que d'étranges niaiseries inspire Sa Divinité le Thuôc phiên; fûtes-vous pas, dans le Tour du monde en quatre vingts jours ?, Oyez ceci : “ ... des pipes d'opium, toutes chargées, sur une table du café. Le détective en glissa une dans la main de Passe-Partout qui l'alluma, en tira quelques bouffées et roula sous la table, ivre mort. ”
M. Verne termine par la phrase suivante sa brève et scientifique étude : “ Les grands fumeurs arrivent à consommer jusqu'à huit pipes par jour,mais ils meurent en cinq ans ! ” Instruire en amusant, voilà la devise de nos romanciers. Une pipe, voire deux ou trois ne produisent presque jamais d'effet appréciable ; je dis : presque, en pensant aux exceptionnels estomacs que soulève la simple odeur - à plus forte raison une chaude bouffée arrivant dans l'oesophage.

Pour perdre connaissance à force de fumer, il faut être bien décidé à s'enivrer, si l'on ne néglige pas l'avertissement que donnent une toujours grandissante lourdeur de tête et une difficulté de se mouvoir toujours croissante. Les fumeurs passionnés, ceux dont l'habitude exige une ration quotidienne de quatre-vingts à cent pipes, meurent jeunes sous les Tropiques, car les maladies de l'Indochine ont facilement raison d'un corps anémié, et encore vivent-ils aisément, à moins d'accidents, une vingtaine d'années. Allez voir, en Cochinchine, les vieux colons, adonnés au thuôc depuis trois ou quatre lustres, maigres, débiles, parfois abrutis - mais vivants.
Quant à l'intoxiqué qui se contente de huit pipes, cette dose n'est pas plus capable d'entraver le cours normal de la vie qu'une quotidienne ration de huit cigarettes.
Enfin, les vrais habitués ne se grisent jamais :
quelques-uns arrivent fréquemment à un état de douce somnolence qui rend très pénibles le mouvement et la parole; mais de là à tomber ivre mort !... D'ailleurs, même pour obtenir ce résultat, il convient de

forcer la dose d'opium consommée chaque jour, de mois en mois; aussi beaucoup de fumeurs, effrayés de cette progression croissante, préjudiciable à la santé comme à la bourse, se contentent du nombre de pipes nécessaires pour supprimer la souffrance qu'entraînerait la privation; ils jouissent de l'opium comme d'une habitude; ils se plaisent à la position horizontale, aux lentes causeries, aux longues oisivetés, aux lectures solitaires.

Malheureusement, ils n'enrayent de cette manière que lorsque la quantité d'opium quotidiennement consommée est déjà trop forte - quarante pipes environ - et les tristes conséquences de l'excès ne sont plus compensées par les mornes voluptés de l'ivresse.
Je connais un interprète qui ne se préoccupa jamais d'enrayer. Il consomme en sept jours une boule de vingt-deux piastres, soit plus de trois cents pipes jour. Entre les heures de bureau trois boys sont constamment occupés à faire grésiller pour lui sur la lampe les gouttelettes noires, conjuratrices des crampes et des spasmes douloureux. Il me souvient de l'avoir vu, sur son lit de camp : sur sa longue poitrine osseuse, nue jusqu''à la ceinture, s'étalait un scapulaire que cet étrange catholique regarde comme un simple talisman.
Des fumeries publics, que je fréquentai quelquefois l'an dernier, je n'ai rien d'intéressant à dire. Généralement la cai-nhà se compose de deux salles ; dans l'une où a lieu la vente au détail, on trouve deux ou trois lits de camp, des pipes sans valeur - un fourneau s'emmanchant à l'extrémité d'un bambou parfois vert encore ; là, grouillent les pauvres bougres qui, leur fond de coquille consommé, malaxent et refument le résidu, et recommencent jusqu'à cinq et six fois la même opération, jusqu'à ce qu'il ne reste qu'un peu de charbon inodore et sans saveur. Dans la deuxième salle sont reçus les amis du vendeur, les Européens venus en curieux. On y déguste le thé chinois parfumé, que le patron extrait par pincées des cylindres de zinc où des inscriptions en caractères sont gaufrées dans le métal -

au lieu du trà-huê que boivent les clients pauvres, dans les larges bols de grossière faïence à décorations gros bleu. Souvent le patron, suprême politesse, apporte une de ces boîtes à musique, de fabrication suisse, une de ces odieuses serinettes, qui sont de vente courante au Tonkin ; que de fois m'a persécuté la sonnerie Clairette, aigrelette, le sautillant martèlement des touches d'acier sur le cylindre de cuivre, l'éternelle valse de Métra, la mélancolique et rance musiquette ! je sais des Européens qui apprêtent l'instrument de torture en s'asseyant pour dîner ; que voulez-vous ? ils veulent manger en musique, et jouir des nobles sensations de l'art. On rencontre aussi, mais rarement, dans certaines fumeries, quelques-uns de ces ineptes tableaux gouachés ou pastellés - de vente, également, au Tonkin - qui rappellent les couvercles des boîtes à bonbons et les vignettes des partitions anodines, et qui représentent les dames rêveuses agitant leur mouchoir vers la mer. Et dire que tant de gens ne connaissent la musique et la peinture que par ces serinettes et par ces croûtes ! Cela fait excuser les demoiselles qui appellent M. Bouguereau un peintre et M. Planquette un musicien.

Juillet 1886.

Depuis une semaine, je délaisse les bouquins longtemps étudiés : j'évoque les plus étranges souvenirs, à travers les magies de l'opium.

En amont de Hué, un matin, nous allions à travers des cours immenses : sur les murs de pierre, une haute futaie faisait déborder ses frondaisons; des éléphants, le calcaire nous formaient la haie, alternant avec des titans hécatonchires et des guerriers. Nous arrivions, par de larges escaliers, à des salles que supportaient les charpentes de teck, tordues en chimères, en dragons, en guivres furieuses ; on eût juré que tout cela allait s'animer, ramper, siffler, et se tordre en d'épouvantables combats.

Mais non, tout était mort ; dans les jardins, des ponts le pierre enjambaient de vastes fossés, d'une seule arche ; et de silencieux bonzes y passaient sans daigner tous voir.

... Sous un dôme de granit se dresse une pyramide le marbre ; des caractères d'or y narrent les exploits de M. Minh-mang, l'organisateur génial des provinces reconquises par le demi-dieu Gia-long - Minh-

mang le dur dévot, le vieux maître rageur. Il repose près d'ici, et son orgueil se survit dans ce roc érigé pour l'éternité.
la gloire, célébrée sur le bronze et sur le granit, l'impose à la Terre, tandis que le Roi mort a sa place, comme haut fonctionnaire, à la cour de l'Empereur céleste Ngoc-Hoang.
L'atmosphère de l'obscure pagode où nous entrons, lourde d'encens, prédispose aux hallucinations étranges; et voici que dans la nuit profonde où scintillent des points de feu, une main inconnue soulève une entrée de soie jaune : deux formes vagues apparaissent près d'un autel.

Des prêtres ? non, des femmes en suaire blanc, quelque fantomatique apparition d'outre-tombe.
Elles psalmodient à mi-voix, et j'entends des paroles, tristes comme un regret.
Oh ! ces femmes ! comme elles sont vieilles, les doigts fluets, le visage émacié ! Leur voix claire et tremblante tinte comme un bris de cristal. Et tandis que je me crois le jouet d'une vision, notre guide me souffle à l'oreille : “ Regardez ce que vous ne verrez plus jamais :
les dernières épouses de Minh-mang ! ” Pendant cinquante ans et plus, elles ont prié dans leur solitude pour celui qui fut le Maître et qui fut l'Époux ; Thieu-tri et Tu-truc sont passés, et après eux passa le triste défilé des rois fantômes, Duc-duc, Hiep-hoa, Kien-phuoc : immuablement fidèles, elles ont prié, devant cette procession d'ombres vaines, elles ont attesté l'immortalité de Minh-mang. Sur cette terre où depuis quelques années tout change, les moeurs, les dieux, la langue, les maîtres, seules elles n'ont pas changé ; tandis que des millions d'êtres en ce demi-siècle ont multiplié leurs génuflexions devant tant d'idoles, elles ont tout oublié, tout ignoré, pour le mort qui, pour elles, comme en elles, vit toujours.
Quand elles disparaîtront à leur tour, il quelque chose de leur amour et de leur prière, planera comme un vague parfum d'encensoir dans lourde atmosphère, sous la crypte sombre où lampes s'éteindront enfin.

15 mars 1887, Poste de A. (Annam).

Hier soir, en sortant de table, au moment d'entrer tans mon réduit de fumeur, je regardai par hasard - depuis longtemps je ne regarde plus ainsi - par l'étroite fenêtre.
Or, la pleine lune se levait sur les cai-nhàs noires aux chaumes frissonnants, sur les bananiers, sur le rigide plumeau des aréquiers, dans un ciel clair; et la fraîche brise du large - une vieille amie depuis des mois oubliée - me soufflait de vierges haleines, salées par les embruns, en pleine figure. Oh ! comme les larmes me montèrent aux yeux; je regardai le lit de camp, la lampe, le plateau, tout cet arsenal de suicide, et la grille le bois de la fenêtre, et je pensai que tout cela me séparait pour jamais de mon antique consolatrice, la Nature.
dans l'Opium resta le Maître ; je dis adieu, avec un poignant regret, à la lune, aux arbres, à la Terre, à tous ces êtres que je sais vivants, que j'aimai tant autrefois, et lui restent impuissants à me délivrer; et courbant la tête, je me dirigeai vers le lit, avec des hésitations de chien battu, mais fidèle.
Souvent, j'ai tenté d'échapper au Maître ; et toujours, le souvenir des heures intelligentes doucement passées en compagnie de lettrés me ramenait sous le fouet; et plus encore, qui le croira ? la vue des belles pipes lourdes qui étalent leur curieuse collection sur le plateau incrusté de nacre : pipes en ivoire, venues de Hué ; en écorce de citron, intérieurement soutenue par une armature de fils de fer ; en bambou de Chine; en écaille de tortue de terre; en bois de trac; enfin, une pipe fabriquée à Tuyen-quang, pour un mandarin épris de nouveautés peu banales, une pipe faite d'un bois parfumé qui laisse un goût de santal aux papilles nerveuses de la langue.

Pour le voyage, les fumeurs possèdent de minuscules lampes de cuivre, des pipes démontables ; l'appareil complet, avec les aiguilles, les godets pour l'eau, les boîtes en corne de buffle, tient dans une cassette rectangulaire grande comme un livre. Les pipes en écaille viennent de Chine ; au Tonkin, on travaille assez mal l'écaille, qui sert à faire des bibelots mastoc, montures de miroirs, vulgaires coupe-papier, abominables porte-monnaie.

Dans ce pays d'Annam, mon plateau s'enrichit de quelques objets en argent assez grossièrement travaillés : agrafes, boîtes à chaux pour le bétail, ornementation des pipes à eau ; tout cela ne vaut, pas grand-chose, ou plutôt ne vaut guère que proportionnellement à la faculté de rêve dont le possesseur est doué.
Mais, ici, j'ai trouvé en abondance le bois d'aigle, le précieux Ky-nam qui vaut son poids d'or, que les trames du Binh-thân apportent en tribut à l'Annam et qui, réduit en poudre par la râpe et mêlé à l'opium, donne à sa fumée un arrière-goût de santal. Le Kyiam est, au dire des Annamites, l'unique et authentique panacée : disent-ils vrai ? je l'ignore ; mais il éveille le palais blasé du fumeur pour qui son arôme : vogue de prodigieux spectacles, à la cour d'un Genjis Khan ou d'un Hérode, à l'heure où la fête prend fin et où les convives lassés sentent leurs pensées s'alourdir dans l'atmosphère chargée d'hiératiques et d'orgiaques parfums.

20 mars.

Au crépuscule, à l'heure de la promenade, un spectacle horrible m'a magnifiquement attiré : deux têtes le rebelles saignaient aux poteaux du marché ; l'une, défigurée, la mâchoire inférieure disloquée ; l'autre, belle dans sa pâleur encore fière, la tête du brave M... mort à vingt-six ans ; tous les Français qui l'ont connu pleurèrent cet ennemi.
... Triste, j'erre au bord de la mer, à travers ce vaste quadrilatère irrégulier, la plaine des Tombeaux. À l'ouest, des roches hérissées de végétation dure et sombre se profilent sèchement sur le ciel, ainsi que des décors de théâtre ; j'aime mieux regarder les abruptes collines courant au sud vers la haute mer, avec des creux où s'amasse l'ombre violette et des reliefs où la lumière se dégrade en merveilleuses nuances. La plaine est semée, parmi ses sables et ses herbes brûlées, de mares d'eau de pluie autour desquelles le gazon frais et vert abonde. Un rectangle fait de murs de briques encercle un champ où de petits mamelons, soigneusement rangés, s'alignent par centaines : c'est le cimetière des naufragés. Ces mamelons moutonnants, ce sont

les tombes des marins perdus à la mer ; leurs âmes errantes trouveront un asile et n'iront point, par les nuits d'orage, tourmenter les vivants et mettre les jonques en péril.
Le soleil descend là-bas sur le Laos ; il semble emprisonner d'un frissonnant filet d'or le bleu des eaux calmes, le vert et l'ocre des hauteurs rocheuses, les toits rouges et les murs blancs de l'hôpital. Je parcours la sablonneuse étendue que bat l'Océan, coupée de tertres fleuris et de stèles de pierre qui désignent de très anciennes sépultures; le dur calcaire s'émiette sous la patiente action du vent et de la pluie; les averses y

creusent des enfoncements pareils à ceux que les Abencérages taillaient au ciseau sur le roc des tombes pour la soif des oiseaux migrateurs.
Près du cimetière récent où Français et chrétiens annamites dorment côte à côte, je découvre un tombeau en plâtre, blanchi à la chaux, décoré d'ornements au pinceau, filets rouges et bleus, vases débordant de fleurs, dragons et feuillages. Là repose la congaï d'un Français qui a quitté l'Annam depuis huit ans environ.
Le soir, je revois invinciblement cette tombe ; je pense à la pauvrette qui dort ici, je la réveille, jeune et vivante: elle ressemblait à toutes les femmes de ce pays ; elle souriait gentiment, son cou gracile dressé sur son collier fait de grosses perles d'ambre jaune. De lourdes bagues d'or indigène, battues sans art, encore rugueuses et bosselées des coups de marteau - luxe massif et bête, si cher aux Annamites, cerclaient ses doigts fluets. Je recompose sa face ronde, plate et d'un beau jaune rosé, pareille à un lever de pleine lune, ses mignonnes dents laquées, ses larges yeux sans éclair, pareils aux miroirs d'ébène, aux profonds et calmes étangs. Seul, aujourd'hui, je pense à la belle Annamite et à son époux de passage ; seul, je songe aux nuits lointaines, aux anciennes amours.

21 mars.

Taine, dans une page sur le séjour du peintre Gleyre à Khartoum;

Fromentin, dans un chapitre du Sahel, ont noté l'influence déprimante des pays tropicaux, “ des sensations perfides et douces ” qu'ils apportent à l'Européen, et la difficulté de fuir pour qui s'est, quelques semaines, abandonné à la douceur, à la perfidie de ces sensations. Certes, les artistes, les Flaubert, les Goncourt, les Huysmans, les Leconte de Lisle, ont donné l'âme à leurs plus fortes oeuvres avec cette impatience de filer vers de nouveaux pays et des civilisations nouvelles, avec cet amour des étranges et lointaines manières de vivre et de penser, qui, douant de larges ailes leur esprit inquiet, les emporte loin de leurs contemporains et loin de leurs concitoyens. Leur désir s'alimente des dégoûts de l'existence quotidienne. Mais l'artiste qui ne sait pas se réfugier dans un rêve assez intense et assez splendide pour s'y consoler et s'y guérir, qui, peu confiant en les magies de la pensée, prend le wagon ou le paquebot pour fuir les hommes et les pays détestés, et qui demande l'oubli délicieux à l'Afrique arabe, à Ceylan ou à la civilisation indochinoise - celui-là est à jamais perdu pour l'art. Au début, son esprit encore curieux et aiguisé se complaira dans l'étude des formes et des idées neuves ; il savourera leur exotisme, il admirera leur complexité ; et il se persuadera qu'il continue ainsi son oeuvre, car on ne renonce pas d'un coup aux joies et aux douleurs de la procréation cérébrale. Le haschisch ou l'opium promettront d'ouvrir pour lui les portes que ne dépassent point les profanes, et aussi de rendre son esprit plus compréhensif, mieux apte à lire au tréfonds des êtres qui ont médité sur le Rig-Véda ou sur les maximes de Manh-Teu.

Mais bientôt, sous l'empire des “ sensations perfides et douces ”, le vieil “ à quoi bon? ” viendra souffler à son oreille ses pires sophismes que vous aimerez, pauvre artiste, pour leur séduisante originalité. Déjà la conscience de l'inutilité de l'oeuvre, comme de toutes choses, ne vous désespère plus ; un traître optimisme vous envahit tout entier ; vous oubliez que le travail intelligent portait en lui sa récompense ; encore deux ans, et vous renierez jusqu'aux plaisirs, pourtant bien passifs et bien peu fatigants, du dilettante ; vous jouirez des heures brèves, des jours coupés de bons repas, de lampées fraîches, et vous descendrez à la vie heureuse du végétal.

Bien rares! ceux qui tiennent âprement leur volonté à deux mains, qui gardent leur quant-à-soi au milieu des niaises discussions et des plaisanteries surannées, qui réservent le meilleur de leur coeur et de leur pensée pour les heures de l'étude solitaire, et s'astreignent à rester étrangers parmi tous les hommes.

S. . . , février 1889.

Un petit poste de la haute Rivière-Claire, un de ces postes perdus dans d'immenses régions dévastées, sur un mamelon isolé au milieu d'une plaine déserte ; une palissade entoure une douzaine de cai-nhàs de chaume, et quelques chaumières s'espacent au pied du mamelon. La nuit tombe et noie dans ses ombres les lointains de la plaine et l'horizon de montagnes rangées en cercle ; un vent froid fait trembler les cloisons dans les cases, frissonner les paillotes et grincer lés bambous secs ; il vient de là-bas, de l'inconnu ; il va vers l'inconnu, là-bas : deux inconnus qu'on sait hostiles. comme on se sent seul, ainsi qu'en plein océan, dans ce rectangle fortifié, à peine plus vaste qu'un transatlantique; comme on se réchauffe joyeusement à la flamme de bonnes causeries, dans cette salle à manger des officiers, ardemment éclairée, avec ses deux fenêtres où s'encadre un coin de l'espace sombre. Ici l'on bavarde, on chante, dans ce minuscule carré de lumière ; au-dehors, le vent qui siffle et rugit emporte l'appel effaré des cornacs ou le souverain miaulement du tigre.
De quart d'heure en quart d'heure, on entend le : “ Sentinelle, veillez ! ” courant d'un factionnaire à l'autre, la voix grave des Européens alternant avec l'appel nasillard des indigènes ; puis un féroce :
“ Alta-là, ki bieu ! ” vociféré par un tirailleur annamite, et le déclic de la culasse. Vers deux heures du matin, des coups sourds et réguliers - du bois frappant sur du bois - annoncent que le boulanger est à l'ouvrage ; un bruit de pas, un murmure de voix : ce sont les rondes de relève ; dans les rares instants de calme absolu, des

ronflements sonores se font écho ; et parfois quelque cheval échappé pique une charge à travers la place d'armes.

Quel admirable pays de forêt vierge, partout impénétrable, sauf pour les Thos qui cultivent le riz dans quelques petites plaines disséminées comme des îles en plein océan de végétation !
Il est bien un être à part, le Tho de ces pays, produit de la montagne et de la forêt, cet homme qui va d'une allure presque lente, mais à si larges enjambées que nul Européen ne pourrait le suivre, qui se glisse silencieusement à travers les fourrés sans ébranler une feuille, et qui voyage la nuit, de préférence, sous ces ombrages denses, à travers ces régions où il doit s'orienter sans le secours des étoiles.
Pour arriver à S..., j'ai voyagé dix jours en forêt, humant l'odeur fiévreuse des feuilles et de la terre, sur le sol toujours humide, sous un inextricable entrelacement de branches, de lianes et de bambous. Il me souvient d'un ravin couvert d'une végétation prodigieuse, un dôme vert impénétrable à la vue, que dominait, seul, en avant d'une haute futaie, comme un roi précédant sa cour, un latanier géant érigeant son stipe svelte et droit et étalant la rosace-éventail de son feuillage fait de lamelles aiguës.
Un pauvre diable de débitant vient de mourir. Je l'ai revu pendant bien des longues insomnies, en des cauchemars nés de l'opium et des embarras gastriques.
Nous l'avons trouvé encore brûlant, tout vert, à demi nu sur un châlit de bambou. Les murs de torchis, non encore passés à la chaux, sont fendillés, craquelés en mille endroits, ce qui faisait scintiller comme des gouttes de soleil dans la boue sèche.

Le sol était couvert de pommes de terre germées, dégageant un relent de terre grasse et pourriture. Et des boys à l'air cynique et fripouillard veillaient le pauvre mort en jouant à la main-chaude.
Mais, pour chasser ces odieuses remembrances, il me suffit d'évoquer l'attirante, douce et hautaine figure du roi Dong-Khanh mort depuis trois jours. Je l'ai vu jadis, pâle jeune homme, déjà triste, tourmenté par le souvenir de ses ancêtres ; j'ai deviné son âme de pur lettré, habile à se torturer d'infinis scrupules, à cette heure où la couronne n'eût été bien placée que sur une tête ronde d'homme pratique, la tête d'un de ces gens qui ne connurent jamais un doute. Le doute, c'est la supériorité et le malheur des âmes analogues à l'âme de S. M. Dong-

Khanh. Et pourtant, l'intelligence précise, l'activité, l'audace de ce lettré délicat étonnèrent nos fonctionnaires qui l'admiraient dans l'exercice de son métier de roi. Mais un monarque d'Annam reçoit toujours du ciel les dons intellectuels et moraux nécessaires au bonheur du peuple ; et chaque jour, sa tâche finie, pour si lourde qu'elle fût, celui-ci s'enfermait avec ses livres et la mémoire de ses prédécesseurs, ou s'échappait en gaîtés soudaines et inexpliquées. Durant ces derniers mois, toute une théorie de fantômes impériaux passait à son chevet pendant les longues heures de ses insomnies ; et il mourut de ces terrifiantes conversations avec des fantômes.
... Ces régions de la haute Rivière-Claire n'ont plus rien à envier à la vieille et frauduleuse Europe : on y falsifie l'opium ! souvent même, on remplace le pavot, dans la pâte mélasseuse qu'on vend aux nhàqués, par une composition extraite des feuilles d'un végétal désigné

par les Amiamites sous la dénomination de phudzum. D'autres fois, le riz brûlé sert à colorer un produit infâme, à qui le thé vert donne quelque saveur. Soyons justes, cependant ! Ce n'est pas en Europe qu'on trouverait des domestiques assez naïfs pour voler un demi-litre d'absinthe et pour le remplacer dans la bouteille par de l'eau pure, aqua simplex.

Haiphong, avril 1889.

N-i ni, c'est fini ; la guérison est complète ! Un brave médecin indigène de Hanoi m'a fabriqué un thuôc - une noire pâte massive -, qui, divisé en boulettes et avalé à la manière des sulfates de quinine, m'a permis de renoncer à l'opium. Dame ! il a fallu quelque courage ! Et voici qu'en feuilletant ces huit livres de notes je retrouve tout effaré, sans les comprendre, bien d'étranges, paradoxales, et par trop dédaigneuses théories! Pendant trois ans, j'ai vécu d'une vie anormale, sans une idée, sans un sentiment analogues aux sentiments et aux idées des autres hommes. D'un jeune homme simple, sans passions, de moyenne intelligence, d'un garçon peut-être assez borné mais tolérant, et capable de tout comprendre et de tout aimer, cette période triennale a fait un raffiné fantasque et méchant, brutal dans ses affirmations, étroit dans ses idées - méprisant, surtout, ce qui ne peut être que le résultat d'une anémie cérébrale, car l'être intelligent ne dédaigne ni ne hait. Oui, le voilà bien constaté, l'abêtissement si souvent nié, et de façon si catégorique dans les précédentes pages. Et les visions nées de l'opium, étions-nous fou de n'y pas croire ! Ces visions, ces cauchemars, ces chimères, ce sont les cruels Mépris, les Orgueils insatiables, les vaines Croyances en notre génie jamais encore manifesté !

Ah ! tout cela, par bonheur, a pris fin ! En vérité, aujourd'hui, il nous prend un désir, par esprit de réaction, de célébrer Bouguereau et les boîtes à musique !

... Avant de signer la dernière page, prosternons-nous devant Sa Divinité l'Opium, la ricaneuse et maigre Idole qui nous a prouvé son surnaturel pouvoir, pendant ces

trois années de possession, sans que jamais l'idée de Rébellion ait traversé notre crâne, sans que jamais nous ayons cru à l'existence du joug qui nous accablait. Supplions-le très humblement de nous oublier, puisque nous avons brûlé sur son autel notre part de Ky-nam et de morphine ; ou plutôt, comme les Annamites font parfois pour le Tigre, ne l'invoquons pas, de peur de nous rappeler à lui. D'aucuns riront de la prière ou du motif qui la fait cesser; mais nous, nous resterons éternellement respectueux et tremblant, parce qu'un jour nous n'avons plus compris le sens des pages que, longtemps, nous avions cru penser et rédiger en pleine indépendance d'esprit ; et parce que, pâle de peur, nous nous sommes demandé dans la solitude de notre conscience : “Oui, j'ai bien écrit tout cela : - mais qui donc l'a dicté!”

Pour copie conforme.

Khou-Mi,
Gardien de pagode.

FIN